글 김종원

인문학 공부를 하면서 말의 중요성을 깨달아 말의 힘과 삶의 지혜를 전하는 책을 쓰고 강연을 합니다. 어린이들이 하루하루 아름답게 살아가길 바라는 마음으로 「김종원의 예쁜 말 시리즈」를 쓰고 있습니다. 쓴 책으로 『나에게 들려주는 예쁜 말』 『서로에게 들려주는 따뜻한 말』 『아이에게 들려주는 부모의 예쁜 말 필사 노트』 『부모의 말』 『매일 아침을 여는 1분의 기적』 「어린이를 위한 30일 인문학 글쓰기의 기적 시리즈」 등 100여 권이 있습니다.

그림 나래

대학에서 회화를 전공하고 다양한 방식으로 그림을 그립니다. 일상의 귀여움을 좋아하며, 그림으로 이야기 전달하는 것을 좋아해 그림책을 만들고 있습니다. 그린 책으로 『나에게 들려주는 예쁜 말』 『서로에게 들려주는 따뜻한 말』이 있습니다.

김종원의 예쁜 말 시리즈 ③
친구에게 들려주는 씩씩한 말

1판 1쇄 펴냄 2024년 12월 20일

글 김종원 | **그림** 나래
펴낸이 김병준 · 고세규 | **편집** 김리라 · 박은아 | **디자인** 백소연 | **마케팅** 김유정 · 차현지 · 최은규
펴낸곳 상상아이 | **출판등록** 제313-2010-77호(2010. 3. 11.)
주소 서울시 마포구 독막로6길 11, 우대빌딩 2, 3층
전화 02-6953-7790(편집), 02-6925-4188(영업) | **팩스** 02-6925-4182
전자우편 main@sangsangaca.com | **홈페이지** http://sangsangaca.com

ISBN 979-11-93379-42-4 74810

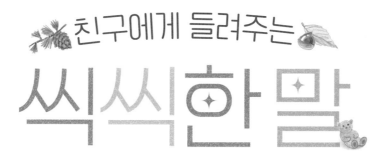

친구에게 들려주는
씩씩한 말

글 김종원 · 그림 나래

상상아이

씩씩한 말을 하는

---------------- 에게

차례

당당하고 씩씩하게 세상을 바라보아요

친구가 자꾸 새치기를 할 때,
나를 앞에 두고 기분 나쁘게 귓속말을 할 때,
자기 생각만 맞다고 고집할 때,
나의 비밀을 여기저기 퍼트렸을 때,
나는 당황하거나 흔들리지 않아요.
세상에 도망쳐야 할 정도로
크고 어려운 문제는 없으니까요.

스스로에게 당당하고 씩씩한 사람은
무엇이든 슬기롭게 해결할 수 있어요.
씩씩한 행동에는 용기와 결단이 필요하고,
나에게는 그런 힘이 충분히 있지요.

자신의 가치를 믿지 못하는 사람은
주변 사람이 적으로 느껴져요.
하지만 반대로 자신의 가치를 믿는 사람은
주변 사람들이 하나둘 좋은 친구가 되지요.

자신의 가치를 믿으려면,
나를 중심에 두고 생각해야 해요.
다른 사람의 눈치를 너무 많이 보면
나만의 빛깔을 잃게 되니까요.

나는 세상에서 가장 소중한 사람이에요.
지금부터 나는 그 사랑의 중심에서
주변을 바라보며,
나의 색으로 세상을 칠할 거예요.

김종원

나랑 같이 놀래?

같이 놀고 싶은 친구가 생겼어요.
'나를 싫어하면 어쩌지?'
거절당할까 봐 걱정하는 대신
씩씩하게 나의 마음을 말해 보아요.

"너랑 같이 놀고 싶은데,
우리 같이 놀래?"
"우리가 같이 놀면
정말 재미있을 것 같아."

마음을 열어
친구에게 먼저 다가가 봐요.
솔직한 마음을 전하면
친구도 나와 함께 놀고 싶을 거예요.

우리가 반짝이는 순간

내 빵보다 친구가 먹는 빵이
더 크고 맛있어 보여요.
'내가 먹는 빵보다 더 큰 것 같은데.
왜 나만 작은 걸 줬지?'
부러운 마음에 질투도 나지요.

하지만 나는 남이 가진 것이 아닌,
내가 가진 것들을 사랑해요.
나를 질투하는 친구에게도 들려주어요.

"나는 네가 가진 것들이 참 좋던데."
"네가 가진 걸 아껴 봐."

부럽다는 생각은 누구나 할 수 있지만,
굳이 질투할 필요 없어요.
반짝이는 순간이 서로 다를 뿐이니까요.

다 맛있어 보여!

내가 먼저 들려줄게

나는 다정하고 예쁜 말을 듣고 싶은데
친구가 자꾸 기분 나쁜 말을 해요.
그럴 때 친구에게 화를 내거나
예쁜 말을 억지로 쓰라고 할 필요는 없어요.

친구가 아무리 나쁜 말을 해도
내가 늘 예쁜 말을 들려주면,
친구의 마음에 따뜻이 스며들어
입에서 나오는 말도 부드러워질 거예요.

"우리 듣기 싫은 나쁜 말 대신
서로에게 좋은 마음을 선물하자."

자꾸 좋은 것을 보여 주고 들려주면,
누구든 아름답게 바뀔 수 있어요.

16

모두에게 소중한 시간

나는 친구와 한 약속을 지키려고
빨리 준비해서 약속한 장소에 나왔는데,
결국 또 늦는 친구가 있어요.

그럴 때는 나의 마음을
분명하게 이야기해 줘야 해요.

"늦을 것 같다면 미리 말해 줘.
다른 사람들의 시간이 모두 사라지잖아."
"너를 기다리는 시간 동안
나는 아무것도 하지 못해."

시간은 모두에게 소중한 가치예요.
가치를 무시하는 친구에게
화를 내기보다는 분명하게 설명해요.

늦어서
미안해!

난 내가 마음에 들어

"너랑 친하니까 말하는 건데
너 머리 모양이 좀 이상해."
외모를 마음대로 평가하는 친구가 있다면
신경 쓰지 말아요.

아무리 친한 친구여도
마음대로 대해도 좋은 건 아니에요.
친구가 내 마음을 상하게 할 때는
누구보다 내가 나를 아끼고
사랑한다는 사실을 알려 줘요.

"그렇게 말하면 속상해.
나는 지금 내 모습이 정말 좋은데."
"이상한 게 아니라 나만의 개성이야.
다른 사람이 함부로 평가할 게 아니야."

난 내가 좋아!

마음을 다해 다가가면

방금까지도 잘 놀다가
갑자기 친구가 화를 낼 때가 있어요.
"싫어, 몰라. 짜증 나!"

그럴 때 마음이 편하지 않겠지만
그냥 돌아서거나 피하지 않아요.
나는 마음을 분명하게 표현할 거예요.

"네가 화난 이유를 잘 모르겠어.
왜 그러는지 설명해 줄 수 있니?"
"오늘따라 기분이 안 좋아 보여.
혹시 무슨 일 있니?"

어떤 문제든 마음을 다해 다가가면
지혜롭고 따뜻하게 해결할 수 있어요.

나만의 색을 지켜요

'이렇게 말하면
누가 뭐라고 하지 않을까?'
'이때 이렇게 행동하는 게 맞을까?'

눈치를 보는 건 나쁜 게 아니에요.
다른 사람의 기분을 존중하는
멋진 태도이지요.

하지만 다른 친구의 눈치를
너무 심하게 보면
나만의 색을 잃을 수 있어요.
다른 사람의 기분을 좋게 만드느라
내 기분과 마음을 상하게 하면 안 돼요.

좋은 기분을 가진 사람이
좋은 마음을 나눌 수 있으니까요.

네 생각은 어때?

'왜 내 말에 반대만 하는 거야?'
'그냥 내가 싫은 거 아니야?'
자꾸 내 말에 반대한다고
그 친구를 미워하는 건 좋지 않아요.

화를 내거나
다른 사람의 의견을 듣지 않고
내 의견만 고집하면 다투게 돼요.

누구든 내 의견에 찬성할 수도
반대할 수도 있어요.
의견이 다를 때는 차분히 질문하며
지혜롭게 서로의 생각을 조율해요.

"네 생각은 어때?"
"그렇게 생각한 이유를 말해 줄래?"

이건 어때?

서로를 더 빛내 주는 친구

특별히 외모가 멋지거나
인기가 많은 친구보다
더 좋은 친구가 있어요.

만나면 이런 생각이 들지요.
'나는 멋진 사람이구나.'
'나한테도 장점이 많구나.'
'내가 더 근사한 사람으로 느껴져.'

좋은 친구는
서로를 더 빛나게 해요.
알록달록 빛나는 무지개처럼
만날수록 서로에게서
더 다채로운 빛이 나오지요.

28

친구의 소중한 마음을 아껴요

간혹 친구의 물건을 빌릴 때가 있어요.
그럴 때 나는 그 물건을
내 물건보다 더 소중히 다루어요.
돌려줄 때도 꼭 마음을 표현하지요.
"네가 빌려준 덕분에 잘 썼어. 고마워."

무엇이든 자기 물건을 빌려준다는 건
소중한 친구가 아니라면
하기 힘든 일이니까요.

내가 빌린 것은 어떤 물건보다도
더 소중한 친구의 마음이에요.

친구의 귀한 마음을 아낄 수 있어야
빌려 달라는 말을 할 수 있고,
우리 우정도 깊어질 수 있어요.

네 생각도 정말 궁금해

다양한 친구가 모여서

무언가를 하는 건 쉽지 않아요.

하지만 지혜롭게 말하면 무엇이든 가능해요.

모둠 활동에 참여하지 않는 친구에게

이렇게 말해 보아요.

"모두가 힘을 더해야 가치 있는 거야."

"우리는 네 생각도 정말 궁금해."

자기 생각이 맞다고 우기는 친구에게는

이렇게 말해 보아요.

"물론 네 생각도 좋아.

하지만 다른 친구의 생각도 들어 보자."

서로의 생각을 듣고 자유로이 말해야

다양한 생각을 배울 수 있어요.

나에게 힘이 되는 건

'저 친구는 왜 나를 싫어할까?
모두 다 친해지고 싶은데…'

내가 정말 좋아하는 빵이나 과자도
어떤 친구는 싫어할 수 있어요.
모든 사람이 다 좋아할 수는 없지요.

친구도 마찬가지예요.
모든 친구가 날 좋아할 수는 없어요.
나와 잘 맞는 친구가 있다면,
맞지 않는 친구도 있는 법이죠.

수많은 친구보다
정말 잘 맞는 친구 한두 명이
내게 더 큰 힘이 되어 줄 거예요.

내 작품은 달라요

내가 만든 작품을 보고 친구가 이상하대요.
하지만 작품은 내 생각을 표현하는 거예요.

"난 내가 만든 게 마음에 들어.
내 작품을 설명해 줄게."
"가치를 볼 줄 아는 사람은
뭐든 무시하지 않아."

다른 사람이 이상하게 생각할까 봐
걱정하거나 눈치 볼 필요 없어요.

내가 즐겁게 만든
특별하고 소중한 작품이니까요.

내 친구가 되어 줘서 고마워

세상에 친구가 아닌 사람은 없어요.

아직 만나지 않은 친구가 있을 뿐이죠.

마음을 열고 먼저 다가가면,

우리는 모두 친구가 될 수 있어요.

다른 사람에게

좋은 친구가 되어 주고,

나도 좋은 친구가 되려면

용기가 필요해요.

나에게 용기 내어 다가와

말을 걸고 내 생각을 물으며

내 곁에 있어 주는 친구에게

진심을 담아 말해요.

"내 친구가 되어 줘서 고마워."

다른 색으로 빛나는 장점을 찾아요

"내가 아는 친구는 축구를 정말 잘하는데,
넌 진짜 못하는구나?"
남과 비교하며 무례하게
행동하는 친구에게 들려주어요.

"친구 사이에 필요한 건 비교가 아니야.
우리에게 필요한 건
다른 색으로 빛나는 장점을 서로 배우는 거야."

나는 친구와 다른 친구를 비교하지 않아요.
친구의 단점보다는 장점을 찾아요.
찾는 과정에서 많은 것을 배울 수 있으니까요.

모든 걸 다 잘할 수는 없습니다.
그래서 다양한 친구가 필요하지요.

나도 실수해서 속상해

축구 시합에서 지고 말다툼이 생겼어요.
"그때 네가 패스를 했어야지!
이게 모두 너 때문이야."

나를 탓하는 친구에게
실망감이 커져요.
나는 말다툼하는 대신 이렇게 말해요.

"일부러 그런 게 아니야.
나도 실수해서 속상해."
"한 사람만 잘못하는 경우는 없어.
누굴 탓하는 건 좋지 않아."

세상을 살아가며 다투지 않을 수는 없어요.
다만, 서로 의견을 나누며
좋은 방향으로 해결할 수 있죠.

모두가 행복하게 웃는 장난

하지 말라고 아무리 말해도
계속해서 나를 놀리는 친구가 있어요.
그 친구는 장난이라며
더 아무렇지 않게 놀리죠.

장난은 모두가 즐거워야 장난이에요.
상대방의 기분이 나빠진다면,
그건 장난이 아니에요.

한 사람의 기분이 나빠지면서
마음에 상처를 입는다면
그건 장난이 아니라 괴롭히는 거예요.

모두가 행복하게 웃을 수 있어야
장난이라고 말할 수 있어요.

말하지 않으면 몰라요

"그럴 땐 이렇게 해야지."
무언가를 할 때마다
참견하며 잔소리하는 친구가 있다면
내 기분을 알려 주어요.

"도와주려는 마음은 고맙지만
이건 내 스스로 할 수 있어."
"네가 내 선택을 존중해 주면
우린 더 좋은 친구가 될 수 있어."

싫은 게 있으면 싫다고
꼭 내 생각을 말해요.
말하지 않으면 모를 수 있으니까요.

나에게 맞는 속도대로

세상에는 뛰거나 책 읽는 속도처럼
수많은 다양한 속도가 있어요.
그런데도 사람들은 가끔
넌 왜 이렇게 느리냐며 무시하곤 해요.

하지만 나는 그런 말에 주눅 들거나
자신감을 잃지 않아요.

"모두의 속도가 같을 수는 없어.
내게는 나만의 속도가 있어."
"나는 느린 게 아니라,
천천히 꼼꼼하게 배우는 거야."

자신의 속도를 믿어야 해요.
내게는 나에게 맞는 속도가 있으니까요.

좋아하는 건 서로 다를 수 있어

"나는 집에 더 좋은 거 있는데!"
"이거 진짜 별론데, 시시해!"
친구가 내가 가진 물건을 무시하면
나도 모르게 목소리가 떨려요.
그럴수록 말끝을 흐리지 않고
무엇이든 끝까지 말해요.

"나한테는 정말 소중한 거야.
무시하지 말고 존중해 줘."
"좋아하는 건 서로 다를 수 있어.
무시하는 건 올바른 태도가 아니야."

친할수록 더 예의를 지키고
서로 존중하면서
눈사람처럼 동그랗고 보드랍게 말해요.

친구와 다투어서 조마조마

친구와 다투고 이런 말을 들었어요.
"너랑 이제 안 놀아!"
마음이 깨지는 것 같아요.

하지만 상처받을 필요는 없어요.
친구에게도 이유가 있을 거예요.
조마조마 마음 졸이지 말고
시간을 갖고 떨어져서 잘 생각해 봐요.

'내가 한 장난이 친구에게 상처를 주었을까?'
'앞으로는 어떻게 해야 다투지 않을 수 있을까?'

나를 먼저 아끼듯이 친구를 아끼면
친구와 좋은 사이가 될 수 있어요.

나를 빛나게 하는 믿음

할 수 없다고 생각하면
실제로 아무것도 해낼 수 없어요.

그럴 때 딱 5초만
나에게 이런 말을 들려주어요.

"고개를 들고 똑바로 바라보면,
뭐든 해낼 수 있다는 자신감이 생겨."
"세상에는 나라서
할 수 있는 일이 아주 많아."

마음에서 나온 씩씩한 말이 쌓이면
자신감이 하늘까지 닿을 수 있어요.

나를 빛나게 하는 건 값비싼 옷이 아니라
무엇이든 할 수 있는 당당한 자신감이에요.

오늘은 발표하는 날

오늘은 발표하는 날이에요.

말할 때 떨리거나 무섭다는 친구도 있어요.

하지만 나는 망설이지 않아요.

왜냐하면 정해진 답이 아닌,

내 생각을 말하는 시간이니까요.

"중간에 조금 떨어도 괜찮아.

나는 씩씩하게 끝까지 말할 거야."

누구든 자기 생각을 말할 땐

큰 목소리로 또박또박 말하면 돼요.

틀려도 괜찮고,

정답이 아니어도 괜찮아요.

용기를 냈다는 그 자체가

멋지고 대단한 일이에요.

울어도 괜찮아

"이번 시험 완전히 망했어!
진짜 열심히 준비했는데, 눈물 나."
최선을 다했는데도
결과가 나쁘면 누구나 힘들어요.

그럴 때는 가까이 다가가 이렇게 말해요.
"나도 가끔 눈물이 날 때가 있어.
너무 힘들면 울어도 괜찮아.
하지만 혼자 울지는 마.
괜찮아질 때까지 내가 곁에 있을게."

힘들어서 울고 있는 친구에게
나는 따뜻한 마음을 전해줄 거예요.

아무리 좋은 감정도 표현하지 않고 숨기면
친구가 알 수 없으니까요.

함께할 때 기분 좋은 사람이 되려면

나는 닮고 싶은 사람이 될래요.
함께하면 기분까지 좋아지는
사랑스러운 사람이 될래요.
그래서 나는 친구를
함부로 비난하지 않아요.

무례하게 행동하거나,
못된 말도 하지 않아요.
폭넓게 이해하고,
사랑하며 살아갈 거예요.

진짜 씩씩한 사람은
힘으로 억누르지 않고,
마음으로 포근하게 안아 주지요.

나와 만나는 모든 사람이

나를 만나고 헤어질 때

더 행복한 표정으로

돌아갈 수 있도록,

함께하는 내내

좋은 마음만 전할 거예요.